草原

家坂利清

土曜美術社出版販売

歌集　草原

結核でほろびし村の墓にいてこがらしのなか君を待ちけり

ゆうまぐれ狭霧ろう墓地のかたすみで君を待つとき遠声《とおごえ》きこゆ

戦いに敗れた兵のごとくにも疲れてあるくぬかるみの道

「飲め・遊べ」きんきらきんと鳴く虫は身体《からだ》のどこにいるのだろうか

「神なんぞ要らぬ」と朝は言いすてて夜はほそほそ安酒を酌む

あかつつじ群れ咲く村の垣根にてヒルガオの花一本《ひともと》さけり

君が打った打球はグシャリ音たてわれの心に突きささりたり

笹やぶの小道そぞろに歩きたり遠くどこやら山鳩の声

かなしみを誘《いざな》うようなチェロの音《ね》が№４の部屋から聞こゆ

ゆうぐれが死神のごとまといきて障子に老いのかげを映した

ひとしれず家の炬燵で息たえた友は孤独と無縁になった

くぐり戸を抜ければ夜気の底にいて風がつめたく胸を過ぎゆく

カミーユが哀願の手をのばせども振りきって男は闇に消えたり

捨てられて狂気をもてるカミーユは〈信頼〉の像をこわしたりけり

老いぼれの心の風はよもすがら丘のむこうの居酒屋にふく

捨てきれぬ思いをそっと岩におく巌《いわお》の国の送りのように

寝る前に君を見んとてしのべども窓に月光がただ射すばかり

眼をとじる仕草が友の祈りとは　知らずにわれは与汰をとばせり

脳《なずき》病む娘をすてて旅立った友を見ている比利根橋《ひとねばし》から

立待《たちまち》の海の草こそおかしけれ手招くがごと蠢《うごめ》いている

＊　立待：立崎岬・北海道

他の人が我をし見ればさびしげと思うにあらん　ぬかるみの道

手を振って道を歩こうこの場所はあかるく楽しい生者の世界

しめやかに夕陽をあびて岸辺には濃い紫のひとむれの花

みはるかす大草原のそこかしこ黄の花が咲きカラス飛びかう

夕波が岩をとどろに叩く見ゆ岸辺の家のほのかな明かり

わけもなく嬉しくなりて道端の茶色い犬に口笛をふく

ものがみな見える気がしていつまでも海辺の丘にたたずんでいた

さびしいと思わないのか霧かかる山路をひとり登る男よ

ハイビスカス　花の紅さに負けまいと夕陽に映える知奈の雲かな

＊　知奈：知奈町・沖縄県

ハイビスカス　垣根にたれて南国のながいひと日が暮れなんとする

放浪の画家が描《か》いたと思えない威厳に満ちた〈エマオの晩餐〉

あわあわと光が目蓋にさしくれば自殺は未遂に終ったようだ

君はもう寝たのか雨の木の間よりあかりの消えた窓を見ている

血便《メレナ》癒えず　腹のいたみに耐えている部屋に班《はだら》と冬の陽が舞う

父の通夜　棺《ひつぎ》を囲むロウソクの炎ゆれたりひと祈るとき

うたたねと見まごうまでの父の顔　口唇《くち》あきしまま鋲がうたれぬ

死にしより父の口髭やや伸びて口唇あきながら固くなりたり

なにゆえか罪負い人《びと》がハマナスを髪にさしたる姿うかび来《く》

オカリナの調べのように風響《とよ》む呼吸器はずせぬ友を見舞う日

哀憐がいまだ残りてたわやすく涙ながれる家になりけり

なにゆえに哀しみながら笑みたるか友がありし日　酒場のあかり

膝ついて路地でゲロ吐く友の背に青いひかりがもう射していた

警察医なれど賭博でつかまりき誰《た》が知る友のかなしみの生

ゆく末のおぞましい死が見えたのか黙って海を見つづける友

眼の前を友の行きしが痩せこけて声かけられず寒空の下

喝采を浴びるべき場にあらわれず友はもとより闇の旅人

書斎にて荒《すさ》んだままに自死をした友の棺に酒の香《か》ぞする

「人生におまえは要らぬ」と誘られた友をしのんでひと夜すごしき

自殺ゆえ〈おくやみ欄〉に見当らず無《む》花《か》果《か》と蔑《なみ》された友の生涯

白菊を棺の友に添えた夜はみぞれまじりに哀しみが降る

わがつけし頬の傷跡かくすがに友の棺に菊があふれる

祈りより悔いの残れる通夜なりき冥き眼のまま逝きたり友は

ほがらかな性質《さが》にありしが三十年《みとせ》経て暗く咳《しわぶ》く女《ひと》になりけり

道をゆく女の背《せな》に射すネオン　潰れた魂に手はのべられず

みちのくのわたすげの里で病む人は死海に浮ぶ流木のごと

アパートの二階から女《ひと》の背《せな》が見ゆ去りゆく人の姿のように

なつかしい声が聞こえてふりむけばだぁれもいない　早朝ウォーク

「さくら花・いのちいとし…」と歌いてし女《ひと》は枯葉の時期に逝きたり

主《あるじ》なき家のさ庭に一箱のマイルドセブンが落とされており

捕まった殺人犯は「これは神の使命なんだ」と言いはるばかり

旅したし　本読む顔をひとしきり窓辺にむけてまた本を読む

牧神は楡の木陰でうす眼あけ〈ダフネ〉と呼んでふたたび眠る

＊　牧神：ギリシャ神話の牧羊神
＊　ダフネ：ギリシャ神話の河神の娘

牧神は黒いベールをなびかせて死者が住むという草原をゆく

ヴィヴィアンは誰もうらやむ美女なれど死にしはローマの小《ち》さき安宿

はらからの犬死にたればプードルがわが胸のなかで魂泣きをせり

愛犬を亡くした妻のかなしみは狭霧となりて手を伸べられず

銀ブラの中国人の網膜に映れるわれは添景ならん

糖尿病《ディーエム》の経過わるしと告げられて今日はかくれて飲む〈水芭蕉〉

晴れた日の大河のごとくしずやかに過去さらしつつ時はながれる

ヒマラヤの風の吹きしく山小屋でロウの炎がルンバを踊る

夢の中でわれはいつでも飢《かつ》えてて木枯しの吹く川縁にいる

若い日のほのかな恋の思い出がいつしか老いの闇に消えそむ

滑落をふせぐと崖の松の根にザイル結んでひと夜すごしき

肺気腫のために登山をとめられて海馬で揺れるヒマラヤのケシ

＊ 海馬：脳内の記憶を司る場所

年とるは戦いに似て脳幹を死守することが大切だろう

エアロビの楽にあわせて若きらが群れおどるなか一人うごけず

バラ窓に射したひかりが祭壇でいのれる女《ひと》の頬をあかくす

数珠もてば罪が消えると思うまいさらさら雪が庭面につもる

この一杯が終《つい》かもしれぬと言いながらみな楽しげに濁酒《どぶろく》をのむ

わがうちに神は住まぬがおのずから照射のまえは十字をきりぬ

米寿《べいじゅ》までみなで飲もうと言いながら一人また一人と欠けてゆく会

右眼しか描《か》かれていない絵の中に言いようのない哀しみがある

近頃はこころに修羅が住むためか呑龍通《どんりゅうどお》りで飲んだくれてる

単純なメロディーをひた繰り返す　ラフマニノフの〈ボカリーズ〉の悲

「善人に今日はなろう」と玄関で靴はきながら呟いている

古びたる君の写真に陽がさせば笑みほのぼのと紅くなりたり

霧なのか人の姿か分からぬが憂いに満ちた影に会いたり

かなしみを全てなくした風情《ふぜい》して霧中の人がかすかに笑う

食《た》ぶことが遅いは義歯のためなりと言いける友は肺癌で死す

素粒子に満ちたる空が夕焼けて雪のデナリが遠くにみえる

＊　デナリ：アラスカ・マッキンレー山

生きいそぎすることやめてあおあおと墓まで続く糸杉を見つ

砂浜にうちあげられた革靴は地球《テラ》が描けるほろびの姿

うずくまる虚無の背中をなでてやる宴《うたげ》のあとにいつも来るから

初句索引

著者略歴

家坂利清（いえさか・としきよ）

著書
歌集『時の色』2011年
『ほむら』2015年
『クラヴィクラ』2022年
評論『短歌スコアよ　名歌を選べ』2019年
共著『四季のうた―詩歌句３面』2016年
『四季のうた―詩歌句３面Ⅱ』2023年

現住所　〒371-0024　群馬県前橋市表町2-7-8

歌集　草原《そうげん》

発行　二〇二四年四月三十日

著者　家坂利清
装幀　直井和夫
発行者　高木祐子
発行所　土曜美術社出版販売
〒162-0813　東京都新宿区東五軒町三―一〇
電話　〇三―五二二九―〇七三〇
FAX　〇三―五二二九―〇七三二
振替　〇〇一六〇―九―七五六九〇九
印刷・製本　モリモト印刷

ISBN978-4-8120-2829-2　C0092